3

Moussa se lève et lui demande gentiment :
– Veux-tu bien partir pour que je puisse dormir ?

Mais la souris refuse
et continue de crier et de grignoter.
Avec un bruit comme ça,
Moussa ne s'endort pas.

4

La sieste de moussa

TEXTE DE
ZEMANEL

ILLUSTRATIONS DE
MADELEINE BRUNELET

À Eugénie, Sylvie, Francis et Chantal.
Z.

Pour Érik et Moussa.
M. B.

Père Castor ● Flammarion

© Flammarion 2008 pour l'édition originale
© Retz 2017 pour la présente édition
ISBN : 978-2-7256-3585-9

Couché dans son lit,
Moussa est bien fatigué.
Ses yeux sont presque fermés.

Soudain il entend un bruit qui vient le déranger :
ça grignote et ça crie, c'est une souris.

Il appelle alors son chat qui accourt à petits pas.
La souris disparait aussitôt qu'elle le voit.

Moussa retourne dans son lit.
Mais il entend toujours du bruit :
ça ronronne et ça griffe,
c'est le chat qui s'étire sur son matelas.

Moussa se lève et lui demande gentiment :
– Veux-tu bien t'en aller
pour que je puisse me reposer ?

Mais le chat refuse
et continue de griffer et de ronronner.
Avec un bruit comme ça, Moussa ne s'endort pas.

Il siffle alors son chien qui se poste à l'entrée.
Le chat s'enfuit par la fenêtre sans chercher à discuter.

Moussa retourne dans son lit.
Mais il entend toujours du bruit :
ça jappe et ça aboie,
c'est le chien qui mordille ses jouets en bois.

Moussa se lève et lui demande gentiment :
– Veux-tu bien aller te promener
pour que je puisse sommeiller ?

Mais le chien refuse
et continue de japper et d'aboyer.
Avec un bruit comme ça,
Moussa ne s'endort pas.

Il demande alors l'aide du lion
qui arrive en trois bonds.
Le chien décampe sans poser de question.

Moussa retourne dans son lit.
Mais il entend toujours du bruit :
ça remue et ça rugit,
c'est le lion qui tourne en rond.

Moussa lui demande gentiment :
— Veux-tu bien aller chasser
pour que je puisse me relaxer ?

Mais le lion refuse et continue
de rugir et de tourner en rond.
Avec un bruit comme ça,
Moussa ne s'endort pas.

Il fait alors appel à l'éléphant
qui s'approche à pas lents.
Le lion n'insiste pas et file comme le vent.

Moussa retourne dans son lit.
Mais un éléphant, même très sage,
cela fait beaucoup de bruit :
ça souffle et ça barrit,
ça écrase tout sur son passage.

Moussa lui demande gentiment :
– Veux-tu bien te pousser
pour que je puisse respirer ?

Mais l'éléphant refuse
et continue de barrir et de souffler.
Avec un bruit comme ça,
Moussa ne s'endort pas.

Moussa ne sait plus quoi faire.
Alors il réfléchit et décide de rappeler la petite souris.

L'éléphant se carapate sans tarder,
car chacun sait que la terreur des éléphants
c'est la souris évidemment !

Moussa peut enfin commencer à rêver.
Il y a toujours des petits bruits de souris,
mais, comparés à des bruits d'éléphant,
ils sont beaucoup moins gênants !

N° de projet : 10290545 – Dépôt légal : août 2017.
Achevé d'imprimer sur les presses de Chirat, en janvier 2023.